Analyse de l'œuvre

Par Vincent Jooris et Marc Sigala

Gargantua

de François Rabelais

lePetitLittéraire.fr

Analyse de l'œuvre

Par Vincent Jooris et Marc Sigala

Gargantua

de François Rabelais

lePetitLittéraire.fr

Rendez-vous sur lepetitlitteraire.fr et découvrez :

Plus de 1200 analyses
Claires et synthétiques
Téléchargeables en 30 secondes
À imprimer chez soi

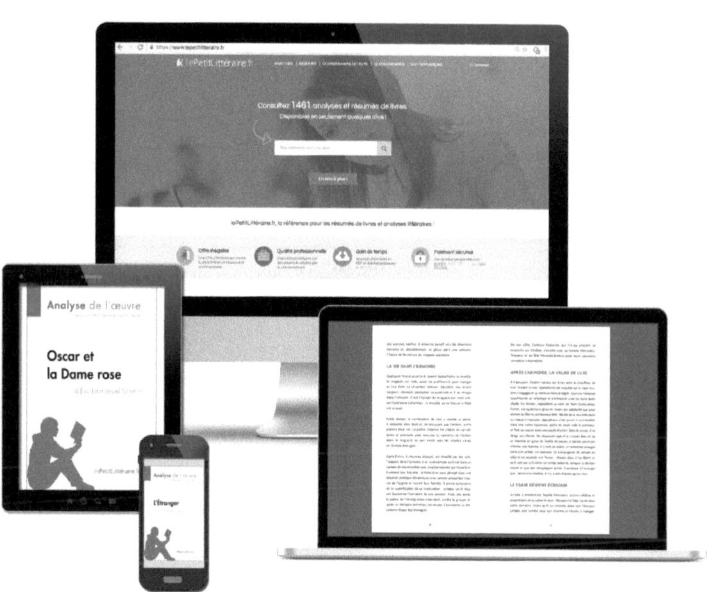

FRANÇOIS RABELAIS

ÉCRIVAIN HUMANISTE FRANÇAIS

- **Né vers 1494 près de Chinon (France)**
- **Décédé en 1553 à Paris**
- **Quelques-unes de ses œuvres :**
  - *Horribles et épouvantables faits et prouesses du très renommé Pantagruel* (1532), roman
  - *La Vie inestimable du Grand Gargantua* (1534), roman
  - *Le Tiers Livre* (1546), roman

François Rabelais nait vers 1494. Fils d'avocat, il entre dans les ordres vers 1510. Des lettrés, moines ou laïcs lui communiquent leur passion pour l'Antiquité et l'humanisme. Pour des raisons inconnues, Rabelais abandonne son froc de moine en 1527 et apprend la médecine à l'université de Montpellier. Il s'installe ensuite à Lyon, où il joue des farces et correspond avec Érasme (humaniste hollandais, 1469-1536). Il y publie aussi ses deux premiers livres (*Pantagruel* et *Gargantua*) que la Sorbonne censure. Rabelais devient ensuite le secrétaire de Jean du Bellay (évêque et diplomate français, 1492 ou 1498-1560), qu'il suit dans ses déplacements à Rome. À partir de 1546, il publie la suite de ses œuvres qui lui cause de nouveaux ennuis avec la Sorbonne. Quelque temps plus tard, le cardinal obtient pour lui un poste de curé à Meudon qu'il résigne en 1553.

Personnage atypique, cultivé et jovial, Rabelais s'éteint à Paris en 1553.

GARGANTUA

DU GIGANTISME AU GARGANTUESQUE

- **Genre :** roman
- **Édition de référence :** *Gargantua*, traduit par Marie-Madeleine Fragonard, Paris, Pocket, 1998, 480 p.
- **1re édition :** 1534
- **Thématiques :** folklore, rire, parodie, éducation, guerre, gigantisme

La Vie inestimable du Grand Gargantua est édité à Lyon chez François Juste en 1534, sous le pseudonyme d'Alcofribas Nasier (anagramme de François Rabelais). Paru en 1532, *Pantagruel* avait déjà connu le succès. Cependant, au lieu d'en raconter la suite, Rabelais narre la vie du père de ce dernier, Gargantua.

L'ouvrage est plusieurs fois remanié, et, en 1542, lors de la dernière réédition, l'auteur atténue prudemment certaines moqueries : il remplace notamment les mots « théologiens » et « Sorbonne » par « sophistes ».

Si l'ouvrage est le plus structuré des récits rabelaisiens, il n'en atteste pas moins d'un langage unique et créateur. Sceptique, railleur, Rabelais défend toujours ses idées avec la plus grande arme qui soit : le rire.

RÉSUMÉ

ENFANCE ET ÉDUCATION (CHAPITRES I-XXIV)

Le géant Grandgousier épouse Gargamelle. Celle-ci tombe enceinte et sa grossesse dure onze mois : d'après le narrateur, cela présage la perfection du nouveau-né. Gargamelle participe à un banquet à l'occasion du Mardi gras. Malgré les remontrances de son mari, elle se goinfre de tripes, avale quantité de vin et danse beaucoup. Elle ressent alors des contractions et accouche de manière insolite : l'enfant sort de son oreille. Le bébé vient au monde en s'écriant « À boire ! À boire ! » Son père, le roi Grandgousier, l'appelle Gargantua. Allaiter l'énorme nourrisson nécessite des milliers de vaches.

L'enfant est totalement libre et fait ce qui lui plait : il boit, mange, dort, court après les papillons, se roule dans les ordures, etc. Son propos se limite à des âneries enfantines et à des fables scatologiques. Un jour, Gargantua invente le torchecul. Constatant l'intelligence de son fils, Grandgousier décide de lui faire suivre l'enseignement d'un précepteur, Thubal Holoferne. Mais cette éducation archaïque et sophiste abrutit l'élève. Un jour survient Eudémon, un page instruit à côté duquel Gargantua parait ridicule. Grandgousier s'aperçoit alors de son erreur et envoie son fils étudier à Paris. Il reçoit un cadeau de la part du roi de Numidie : une énorme jument, qui sera la monture de Gargantua.

Sur le chemin, la jument du géant rase involontairement une

forêt avec sa queue. Arrivé à la capitale, Gargantua urine et noie la plupart des habitants, puis il arrache les cloches de la cathédrale Notre-Dame pour les suspendre au cou de sa jument. Les rescapés lui envoient un négociateur : Janotus de Braquemardo. Le discours de ce dernier est tellement absurde que Gargantua le trouve comique. Janotus se rend chez les maitres de la Sorbonne pour être payé, mais ceux-ci refusent. L'homme leur intente aussitôt plusieurs procès. Finalement, les cloches sont restituées, et les Parisiens prennent soin de la jument du géant.

Gargantua rejoint enfin son nouveau professeur, Ponocrates. Le géant commence par boire une potion lui nettoyant le cerveau de ses anciennes leçons. Auprès de ce pédagogue expérimenté, l'étudiant développe son esprit critique, étudie les grands textes, apprend le métier des armes, etc. De temps à autre, Gargantua quitte la ville pour s'amuser et chasser avec son écuyer Gymnaste.

GUERRE ET TRIOMPHE (CHAPITRES XXV-XLIV)

Entretemps, dans le pays natal de Gargantua, se produit une altercation. Alors que des bergers gardent les vignes de Grandgousier, des fouaciers (vendeurs de galettes) passent à proximité. Les bergers leur demandent des galettes, mais les fouaciers les insultent. Frogier, un des bergers, se vexe et leur fait la morale. Marquet, un autre fouacier, lui dit de venir se servir et le fouette. Le berger crie alors au meurtre et lâche son bâton, qui retombe sur la tête de Marquet. Les bergers finissent par acheter des galettes et banquètent.

Cependant, les fouaciers vont se plaindre chez Picrochole, le roi voisin. Celui-ci en profite pour déclarer la guerre à Grandgousier. Son armée ravage la campagne du géant. L'abbaye de Seuillé est attaquée. Apparait alors frère Jean des Entommeures : seul, il défend valeureusement le monastère et freine momentanément les troupes picrocholines pendant que les autres moines prient.

Grandgousier désire parlementer, mais la fureur de Picrochole persiste. Il envoie une lettre à son fils, lui annonçant avoir tout tenté pour sauver la paix. Après l'échec de son ambassadeur Ulrich Gallet, Grandgousier paye les fouaciers, causes du conflit. Picrochole y voit un aveu de faiblesse et poursuit les hostilités.

Envoyé en éclaireur par Gargantua, Gymnaste est surpris par des pillards. Pour leur échapper, il prétend être possédé par le diable et accomplit des cabrioles sur son cheval. Après avoir remporté une bataille au château du Gué de Vède, Gargantua rejoint son père. Pour fêter ce retour, un festin est organisé. Gargantua manque d'engloutir des pèlerins qui s'étaient abrités sous des laitues de son jardin. Frère Jean devient quant à lui le meilleur ami du jeune géant.

Les combats s'enchainent sans répit. Finalement, les géants et leurs amis remportent la victoire. Picrochole s'enfuit. De colère, il tue son cheval et, tentant de voler un âne, il est détroussé par des meuniers. Personne ne sait ce qu'il devient ensuite. Gargantua libère la plupart des prisonniers, soigne tous les blessés et harangue les vaincus sur l'absurdité de tels conflits.

L'ABBAYE DE THÉLÈME (CHAPITRES L-LVIII)

Pour récompenser la bravoure de frère Jean, Gargantua fait bâtir l'abbaye de Thélème, dont la devise est « Fais ce que voudras ». Ses membres vivent librement et en parfaite harmonie.

En creusant les fondations de l'édifice, un texte mystérieux est découvert. L'énigme prophétique suscite des interprétations contradictoires, sur lesquelles s'achève l'œuvre.

ÉTUDE DES PERSONNAGES

GARGANTUA

Gargantua est le protagoniste principal de l'histoire. À l'évidence, l'étymologie de son sobriquet renvoie à la gorge : en naissant, Gargantua réclame à boire, c'est pourquoi Grandgousier s'exclame « Que grand tu as ! » (sous-entendu « le gosier »). Il est un géant.

Gargantua et Grandgousier, son père, représentent le type même du monarque salvateur et clément :

- ils font tout pour préserver la paix de leur royaume ;
- ils ne nourrissent aucun désir de vengeance ;
- après avoir emporté la victoire finale, ils refusent l'annexion des territoires vaincus, évitant ainsi l'humiliation à leurs ennemis ;
- ils ne font pas exécuter Picrochole, mais le dépouillent de ses attributs royaux, ce qui le rabaisse au même rang que le commun des mortels.

Beaucoup voient en Gargantua une allégorie de François Ier, roi de France de 1515 à 1547, considéré par Rabelais comme doté d'une morale hors du commun et comme l'exemple même du monarque idéal.

LES PRÉCEPTEURS

Holoferne et Bridé

Grandgousier confie son fils à un premier précepteur, Thubal

Holoferne, puis à Jobelin Bridé. L'instruction que Gargantua reçoit (chapitres XIII et XX) :

- est rythmée par ses besoins corporels (goinfrerie, excrétion, expectoration, etc.), qui sont, en outre, déséquilibrés (Gargantua n'a aucune hygiène corporelle) ;
- est caduque (il s'agit d'un bric-à-brac du Moyen Âge tardif, d'un savoir purement livresque, d'un amalgame d'œuvres de juristes et d'obscurs grammairiens) ;
- s'avère extrêmement lente, puisqu'elle dure 54 ans ;
- repose uniquement sur la mémoire mécanique et l'érudition brute : l'élève ne fait que réciter des textes mécaniquement, à l'endroit et à l'envers ;
- le rend très passif : le précepteur ne fait que lui lire des livres, sans solliciter sa participation ni sa réflexion, ce qui provoque la perte de son esprit critique et de ses capacités de réflexion ;
- n'entretient aucun rapport avec la vie concrète.

EUDÉMON

C'est à travers Eudémon que sont mis à mal les préceptes de l'éducation scolastique enseignés par Holoferne et Bridé. Ce jeune page tranche par son allure avec les précédents précepteurs de Gargantua. Il est décrit comme « bien coiffé, tiré à quatre épingles, [...] digne dans son attitude » (chapitre XV), ce qui laisse présager de l'efficacité de l'éducation reçue, d'autant plus si on le compare à l'attitude du jeune géant, à qui ses anciens pédagogues ont clairement omis d'apprendre les bonnes manières. Gargantua s'en rend d'ailleurs compte lui-même, ce dernier finissant honteux et en pleurs, « caché derrière son bonnet », après avoir écouté le talentueux discours que lui déclame Eudémon. Le jeune page est donc l'élément déclencheur et le point de bascule à partir duquel Gargantua et Grandgousier prennent conscience des limites et des manques de l'éducation proposée par un Holoferne ou un Bridé. C'est à partir de là que le père du géant souhaitera confier l'éducation du jeune enfant au pédagogue d'Eudémon, Ponocrates.

PONOCRATES

Ponocrates propose une pédagogie nouvelle fondée sur :

- **le savoir humaniste**. L'enseignement fait référence aux auteurs classiques gréco-latins, ainsi qu'à d'autres ouvrages humanistes comme l'*Éloge de la folie* (1511) d'Érasme ou *L'Utopie* (1515-1516) de Thomas More (1478-1535). Ponocrates éveille aussi Gargantua aux sciences qui se développent à l'époque (astronomie, biologie, mathématiques, médecine). Enfin, une place importante est laissée à l'interprétation des textes religieux : la journée de l'élève s'ouvre et se clôt par l'examen de la Bible, afin de la rendre intelligible ;
- **la discipline du corps et l'organisation du temps**. L'harmonie entre le corps et l'esprit est rétablie (*mens sana in corpore sano*, « un esprit sain dans un corps sain ») : Gargantua apprend à se laver, à pratiquer l'exercice physique, etc. Aussi, le temps est-il géré différemment. Levé avant l'aube, l'étudiant ne perd plus un instant. Chaque heure du jour est associée à une activité et aucun moment d'oisiveté n'est prévu. En outre, plusieurs choses se

produisent simultanément : Gargantua apprend tout en s'habillant, en se lavant, en mangeant, etc. Cependant, un tel rythme doit être éreintant. C'est pourquoi Rabelais n'exige pas que ce programme complet soit appliqué à la lettre. Il s'agit d'un idéal qui indique l'optique globale de l'apprentissage qu'il préconise ;

- **la diversité des procédés d'apprentissage**. Quand la tension intellectuelle devient pesante, les conversations de plein air, les jeux ou les exercices physicomilitaires servent d'exutoire ;
- **la réflexion de l'élève**. Il s'agit pour Gargantua de développer son esprit critique et d'apprendre à réfléchir par lui-même ;
- **le sens pratique**. Le programme rabelaisien ne se coupe pas du réel, il ne néglige pas la vie pratique. Le savoir entre en contact avec la nature et la société : l'observation directe et l'expérimentation complètent la lecture. En outre, Gargantua étudie également les sciences, la géographie ou encore l'astronomie, disciplines négligées par ses précepteurs précédents.

L'HUMANISME

Dans l'histoire de l'Occident, l'humanisme désigne un courant de pensée né en Italie au XIVe siècle, qui a ensuite gagné toute l'Europe aux XVe et XVIe siècles. Il se caractérise par un retour à l'Antiquité et par une foi illimitée dans les capacités morales et intellectuelles de l'humain. Pour les humanistes, la soif d'apprendre et le développement de l'esprit critique élèvent l'humain, lui permettant de s'améliorer et de comprendre la Création. L'enseignement se trouve dès lors au centre des préoccupations. La redécouverte des textes antiques, fondement de l'humanisme, a été vécue comme une véritable renaissance et a également permis la naissance des sciences modernes. Rabelais est un des grands humanistes du XVIe siècle.

À travers Holoferne et Bridé, Rabelais singe l'éducation scolastique traditionnelle. Cet enseignement, développé à partir du XIe siècle et qui connut son apogée au XIIIe siècle, avait pour objectif de concilier la foi chrétienne et la raison. Il s'agissait d'apprendre à l'élève un savoir livresque sans rapport avec la vie et qui ne faisait nullement appel à la réflexion, à la compréhension et à l'intelligence. Rabelais considère cette manière d'enseigner trop rigide, abrutissante et insuffisante pour l'époque. Gargantua en ressort ignare, babillard et prétentieux. Grandgousier réalise son énorme erreur quand parait Eudémon (« le bienheureux »), un jeune page éduqué selon les principes humanistes. Le contraste avec son fils est si fort que le roi souhaite dénicher un précepteur de ce genre. Il trouve alors Ponocrates (« celui qui résiste victorieusement à l'effort »). L'éducation humaniste, ouverte et complète, fait de Gargantua un interlocuteur digne d'être écouté. Dorénavant, le protagoniste est capable de réfléchir par lui-même et mobilise des ressources gréco-latines et érasmiennes. Son éducation lui permet de tenir son rôle dans la société : par le discours, Gargantua se rend capable d'infléchir ou de guider l'action des hommes.

Ainsi, à travers *Gargantua*, Rabelais fait la démonstration et l'éloge de l'éducation humaniste.

GYMNASTE

Gymnaste n'apparait qu'au chapitre XXIII et en parallèle de l'enseignement de Ponocrates. Il enseigne au jeune géant l'art de la chevalerie, et fonctionne comme un pendant complémentaire du personnage modèle d'Eudémon. Alors que ce dernier s'est surtout distingué par la finesse et la qualité de son discours, Gymnaste, véritable maitre de voltige, donne à voir toute l'étendue de son talent au cours des batailles picrocholines, pendant lesquelles il écrase ses ennemis avec virtuosité. Gymnaste, dont le nom signifie d'ailleurs « l'agile », apparait comme l'exemple de la réalisation physique, réalisation à laquelle il tente de faire parvenir le jeune Gargantua. C'est encore l'éloge de l'éducation humaniste que l'on voit se développer ici, qui consiste en un juste équilibre entre une attention portée au corps et une quête de savoir. Gymnaste n'est par ailleurs pas dénué de sagesse, comme le montre sa prudence après avoir vaincu le capitaine Tripet (« tout chevalier se doit de traiter sa bonne fortune avec discernement sans la violenter ni en abuser »), de même qu'Eudémon, fier représentant d'une connaissance bien comprise, était déjà paré des plus belles qualités physiques.

PICROCHOLE

Picrochole, roi de Lerne, est impulsif et agressif. Son nom signifie d'ailleurs « le bilieux ». Pour une simple querelle de village, il déclare une guerre. Il incarne le conquérant furieux, oublieux des traités de paix et obsédé par lui-même.

Si Gargantua est François Ier, Picrochole représente son rival Charles Quint (empereur germanique, 1500-1558). À son avènement, ce dernier domine un territoire qui comprend l'Espagne et ses colonies, le royaume des Deux-Siciles (Naples), la Bourgogne et les Dix-Sept Provinces des Pays-Bas. En 1519, il est élu empereur du Saint Empire romain germanique. Avec ses possessions européennes et les colonies espagnoles, il hérite littéralement d'un empire « sur lequel le soleil ne se couche jamais ». Sa devise, « *Plus ultra* », peut se traduire par « Plus loin encore », abolissant toute limite à l'expansion territoriale.

Pour Rabelais, l'épisode de la guerre picrocholine est l'occasion de dénoncer les abus de la guerre. Comme tous les humanistes, il promeut la paix et le dialogue. Grandgousier, incarnation du monarque idéal selon Rabelais, opte pour une réponse diplomatique. Bienveillant, il se soucie avant tout des répercussions d'une guerre sur ses sujets et cherche à calmer son adversaire à tout prix. Mais l'ambassade de Grandgousier est un échec : aucun discours rationnel ne peut dissuader Picrochole. Devant ce mur, les géants se résignent, à regret, mais sans faiblesse : ils préparent leur stratégie avec méthode et fermeté.

FRÈRE JEAN DES ENTOMMEURES

Frère Jean est un moine ignorant, mais pragmatique, téméraire, sympathique et soucieux des problèmes de son temps. Sa rencontre donne au héros l'occasion de contester l'utilité des moines et de la prière. En devenant l'acolyte de Gargantua, frère Jean forme avec le géant un duo qui rappelle l'amitié entre Pantagruel et Panurge. Dans les deux cas, le héros distingué s'accompagne d'un antihéros moins éduqué. L'interprétation des évènements oscille toujours entre la vision de l'un, souvent allégorique, et celle de l'autre, très prosaïque. Ainsi, dans l'énigme finale, Gargantua pense lire un texte symbolique alors que frère Jean n'y voit qu'une description du jeu de paume.

CLÉS DE LECTURE

UNE ŒUVRE MIXTE : DU PERSONNAGE DE FOIRE AU HÉROS CIVILISATEUR

Pour écrire *Gargantua*, Rabelais puise son inspiration à diverses sources : le folklore, les romans chevaleresques, l'humanisme, etc.

À l'origine, Gargantua est un personnage populaire et folklorique émanant de la tradition orale. Une transcription anonyme de ses aventures est réalisée en 1532 : *Les Grandes et Inestimables Chroniques du grand et énorme géant Gargantua*, où domine surtout la gaudriole, parfois l'obscénité. Ce récit carnavalesque dans lequel on raconte la vie d'un géant naïf au service du roi Artus, connait un grand succès dans les foires. De la trame initiale, Rabelais ne récupère que quelques épisodes, tel le vol des cloches de la cathédrale Notre-Dame.

Le récit primitif de 1532 rattache déjà *Gargantua* au cycle des légendes arthuriennes. Mais, en outre, Rabelais calque son histoire sur le schéma des romans de chevalerie. Après une présentation de la lignée mythique et fabuleuse du protagoniste, il relate d'autres épisodes typiques du genre : naissance miraculeuse du héros, révélation de son potentiel, éducation, exploration du monde, exploits qualifiants, affrontements guerriers et triomphe final.

D'autres genres s'incrustent aussi dans le récit : poèmes, conversations, harangues, etc.

Enfin, en mêlant à son récit des considérations de lettrés humanistes (éducation, guerres picrocholines, utopie de Thélème), Rabelais fait de son personnage principal un héros civilisateur.

Ce mélange des genres surprend le lecteur du XVIe siècle. Rabelais force les extrêmes à cohabiter au sein d'un univers paradoxal. Cependant, notons que cette liberté prise par l'écrivain n'empêche pas son œuvre de faire sens, au contraire.

UNE VALORISATION DES IDÉES HUMANISTES ET UNE CRITIQUE DE LA TRADITION INTELLECTUELLE MÉDIÉVALE

L'œuvre de Rabelais est tout à fait en phase avec son époque et développe et approfondit les grandes questions qui animent la société de son temps. Le courant humaniste se construit contre la tradition vue comme sclérosée de la scolastique du Moyen Âge ; Rabelais y apporte une contribution importante en s'appuyant sur les moyens originaux de la farce et de la parodie. L'effet comique joue en plein lorsque sont décrites les incohérences bouffonnes de l'art sophistique, ou quand sont évoquées les outrances des érudits de la Sorbonne. On voit bien comment l'équilibre du crédo humaniste l'emporte sur les absurdités de l'éducation scolastique. Hygiène poussée et respect du corps d'un côté, laisser-aller de l'autre (les théologiens considéraient parfois les soins corporels comme signes d'une attention trop grande donnée au corps, donc un péché) ; retour à l'étude directe des textes bibliques contre pratique religieuse strictement formaliste et quantitative ; exercices physiques contre goinfreries et excès de boisson... Les maigres résultats obtenus avec ses premiers précepteurs montrent bien l'ampleur du temps perdu en suivant une telle éducation. Gargantua passe la plus grande partie de son temps en banquets et en prières formatées au lieu d'apprendre et de se former sérieusement. L'éducation humaniste, au contraire, cherche à développer le savoir en s'appuyant sur la réflexion et l'esprit critique, sans oublier l'entretien essentiel des facultés physiques nécessaires à une bonne santé.

Plus qu'une comparaison entre deux modes de fonctionnement, c'est au développement d'un véritable programme qu'on assiste, programme qui fait de la recherche du juste équilibre le noyau de toute progression saine. Équilibre entre connaissance intellectuelle, réflexion morale et entretien physique, entre travail et détente, entre art et science, entre savoir théorique et expérience pratique. Et surtout, fait tout à fait novateur pour l'époque, importance de l'implication active de l'élève au processus même de sa formation, au cours de laquelle il est invité à réfléchir et à s'interroger sans cesse. Cependant, Rabelais ne se laisse jamais enfermer, justement, dans un programme, et le vent de liberté et de gigantisme qui souffle dans ces pages dédiées aux thèmes chers à l'aventure intellectuelle et philosophique de son temps reste l'orientation directrice de toute l'œuvre. Le comique, qui sert là de puissante arme contre les insuffisances des traditions pédagogiques de son époque, sert ailleurs de moteur à la création littéraire la plus libre et la plus colorée.

DU SENS SOUS LE RIRE

La préface nous apostrophe et nous suggère un mode de lecture particulier : il faut ronger l'os pour parvenir à la « substantifique moelle » (p. 37-39). Rabelais invite ses lecteurs à ne pas se satisfaire du sens littéral de son œuvre ; il faut chercher au-delà. En d'autres termes, il nous déconseille de prendre son texte au pied de la lettre. Il veut qu'on lise entre les lignes, progressivement. Gargantua est donc loin de n'être qu'un conte amusant.

En effet, la truculence comique n'est futile qu'en apparence. Aux épisodes burlesques et ridicules se juxtaposent des visées plus subtiles. En décortiquant certains passages, le lecteur avisé peut découvrir de multiples références aux problèmes de son époque, qu'ils soient philosophiques, moraux ou religieux. Rabelais évoque notamment la guerre, qu'il critique, les qualités que doit posséder un bon monarque, les caractéristiques d'une bonne éducation, etc.

L'œuvre de Rabelais promeut donc – certes sur un ton jovial ou grotesque – les débats, les énigmes et les interrogations discursives. Aucune lecture univoque ne peut sceller la signification de ce récit. La lecture sert de prétexte à une réflexion sur le monde : elle invite à réfléchir, suscite le débat et permet de se forger un jugement. Le lecteur est ainsi impliqué dans le processus de lecture.

LE COMIQUE CHEZ RABELAIS

L'œuvre de Rabelais est profondément comique. Aucune place n'est laissée à la mélancolie : toutes ses histoires se déroulent avec enthousiasme. En effet, le but premier de l'auteur est de faire rire. Selon lui, le rire a une vertu curative : il soulage des angoisses, de la fatigue, de la mélancolie, etc. En tant que médecin, c'est d'abord pour guérir ses malades qu'il a écrit ses œuvres. Pour ce faire, il utilise plusieurs procédés : le gigantisme, l'invention verbale, la parodie et l'exagération.

Le gigantisme

Le géant, qui résulte d'une simple opération de grossissement, est présent dans tous les folklores. Il est source de comique grâce à un simple effet de contraste par rapport à notre humanité moyenne : on rit ainsi de la description de la stature de Gargantua, des quantités d'étoffes nécessaires à le vêtir ou encore de tous les objets qu'il utilise et qui ont été fabriqués à sa mesure. Notons aussi que le gigantisme permet toutes les audaces et toutes les critiques, tout en sauvegardant la pudeur du public et de la société contemporaine.

L'invention verbale

Rabelais étonne et fait rire par son langage. Il mêle des termes techniques, des onomatopées, des mots anciens, étrangers ou dialectaux. Il est aussi le père de nombreux néologismes (ramentevoir, pamparigouste, coquecigrue, croquelardon, goguelu, matagraboliser, trepelu, etc.) et de proverbes devenus aujourd'hui classiques, dont :

- « Le rire est le propre de l'homme » (Aux lecteurs) ;
- « L'habit ne fait pas le moine » (Prologue) ;

- « L'appétit vient en mangeant » (chapitre V).

En outre, ses phrases sont truffées de jeux sonores, de calembours et de contrepèteries : « Le Grand Dieu fit les planètes et nous faisons les plats nets. » (*ibid.*)

La parodie

Rabelais utilise volontiers la parodie, transgressant les normes en vigueur. Il mêle ainsi des sujets nobles et des thèmes triviaux, et provoque des situations cocasses.

Il parodie notamment le code chevaleresque qu'il considère comme obsolète et irréaliste (chapitre XXXIV). À la force stupide et aveugle de leurs adversaires, les géants et leurs amis préfèrent opposer la ruse et l'humour.

D'après les romans de chevalerie :

- les protagonistes utilisent des armes nobles (épée, lance) ;
- les ennemis, intègres et disciplinés, sont mis à mort dans le combat selon l'honneur ;
- les guerriers résistent aux coups sans être ralentis par leurs blessures.

Au lieu de cela :

- Gargantua se sert d'un arbre déraciné alors que ses ennemis usent d'armes à feu ;
- les ennemis sont lâches (fuyards et pillards) et leur mort est ridicule (noyade dans l'urine de la jument géante) ;
- Gargantua prend des boulets de canons pour des grains

de raisin ou des mouches.

L'exagération

Les personnages rabelaisiens se complaisent dans les énumérations extraordinaires, les nombres exacts, les détails inutiles, les hyperboles fantaisistes, les comparaisons abusives, les répétitions de mots ou d'expressions, etc.

Par exemple, les conseillers de Picrochole savent flatter son orgueil de mégalomane (chapitre XXXI). Favorisant son délire impérialiste, ils envisagent la conquête du monde entier. Afin que leur discours plaise au monarque, ils prennent Alexandre le Grand (roi de Macédoine, 356-323 av. J.-C.) pour modèle et énumèrent de longues listes de régions conquises, quitte à inventer des noms de pays. De plus, ces inventaires répètent les mêmes sons, ce qui donne l'impression d'une comptine pour enfants. Pour se rendre crédibles, ils mentionnent des nombres excessivement précis. Peu importe si leurs suggestions sont ineptes.

L'ABBAYE DE THÉLÈME, UNE UTOPIE

À la fin du récit, frère Jean, en récompense de sa bravoure, reçoit l'abbaye de Thélème, où est créée une organisation religieuse d'un genre nouveau. L'abbaye est le creuset d'une société neuve et parfaite, composée de jeunes gens beaux, riches, cultivés et bien éduqués. Les conditions de vie n'y entrainent ni conflit ni désaccord.

En décrivant ce que ses habitants y font, Rabelais souligne ce qu'ils n'y font pas. Il prend ainsi le contrepied des règles monastiques, extrêmement contraignantes, qu'il a personnellement vécues. En effet, à Thélème règne entre autres la liberté de mouvement et de parole, la mixité. Chacun est libre de ses faits et gestes ; en grec, *thelema* signifie d'ailleurs « libre arbitre ». En outre, les vœux de chasteté, de pauvreté et d'obéissance sont supprimés.

La devise du monastère est « Fais ce que voudras ». Toutefois, si chacun ne fait que ce qu'il désire, il ne peut y avoir de véritable communauté : comment garantir le respect mutuel et l'élévation morale ? Comment lutter contre les excès et la licence ? En fait, Rabelais suppose que l'exercice de la liberté individuelle encourage la recherche du bien commun. Le programme de l'abbaye répond donc à la confiance que Rabelais, comme tous les humanistes de son siècle, place en la nature humaine.

L'utopie thélémite constitue un symbole plutôt qu'un réel projet. En effet, ce lieu idéal est trop harmonieux, trop bien réglé et, surtout, ne peut convenir aux géants et à leurs amis. Les personnages rabelaisiens sont des êtres de dialogue. Ils éprouvent le besoin de parcourir un monde toujours en mouvement, en perpétuelle mutation, source d'inlassables controverses et de polémiques malicieuses. Or, à Thélème, l'altérité s'écrase devant l'impératif de concorde. Chaque parole se noie dans la volonté collective. L'auteur ne peut donc y immobiliser ses créatures, ce qui reviendrait à les emprisonner. Cela gommerait leurs différences si pittoresques et créatrices de sens. D'ailleurs, l'abbaye de Thélème sera vite oubliée dans les ouvrages suivants. Rien n'exempte l'homme du désir d'interroger le monde.

LA RÉCEPTION DE L'ŒUVRE

La réception de *Gargantua*, comme toute l'œuvre de Rabelais, a été variable selon les lecteurs et les époques. Alors que *Pantagruel* n'avait pas éveillé les doutes des censeurs, qui avaient simplement critiqué son obscénité, les choses se modifient sensiblement dès la sortie de *Gargantua*. Dans un contexte de persécution religieuse grandissante, les textes et leur « substantifique moelle » deviennent suspects, ce qui explique qu'à son époque les admirateurs de Rabelais ne se soient guère manifestés, malgré l'importante diffusion du texte.

Passant ensuite au cours du temps et selon les commentateurs d'auteur « à clé » à une image d'écrivain bouffon et buveur, Rabelais n'a en tous cas jamais cessé de faire réagir, fait qui dénote à lui seul de la puissance de son œuvre. Son combat contre l'obscurantisme, pour la liberté de l'individu et son utilisation subversive et créative du langage et de la forme romanesque continueront à être discutées et à féconder la littérature française, des loralistes aux auteurs les plus modernes, en passant par les romantiques et les penseurs des Lumières.

PISTES DE RÉFLEXION

QUELQUES QUESTIONS POUR APPROFONDIR SA RÉFLEXION...

- Quelles différences peut-on remarquer entre les géants rabelaisiens et, par exemple, les ogres des contes de fées ?
- En quoi les noms des personnages rabelaisiens révèlent-ils leur caractère ? Citez des exemples et expliquez.
- Dans le chapitre V, quels procédés Rabelais emploie-t-il pour faire croire que les faits qu'il rapporte sont véridiques ? Par quels détails le lecteur comprend-il qu'en réalité Rabelais s'amuse ?
- Retrouvez le texte de la règle de saint Benoît (à l'origine de l'ordre des moines bénédictins, règle établie vers 540) et comparez son contenu au programme de l'abbaye de Thélème. Que remarquez-vous ?
- L'interprétation du monde selon frère Jean s'oppose à celle de Gargantua. En quoi cette divergence de vues rappelle-t-elle l'image de l'os à ronger et de la substantifique moelle ?
- Sous le comique se cachent des visées plus sérieuses. Expliquez, d'une part, en quoi consiste le comique chez Rabelais, d'autre part quels sont les objectifs plus sérieux de l'auteur.
- Rabelais exhortait à dépasser la lecture littérale de son œuvre. Par extension, il suggérait sans doute la même approche à l'égard des textes sacrés (dont la Bible par exemple). Expliquez cette assertion.
- « Dans *Gargantua*, une certaine équivoque plane

constamment. » Justifiez cette thèse.

- Selon vous, peut-on rapprocher *Gargantua* du *Don Quichotte* de Cervantès (publié entre 1605-1615) ?
- Écrite par Érasme, l'*Éloge de la Folie* use de la satire comme d'une arme dans le combat intellectuel. En quoi cela l'apparente-t-elle à *Gargantua* ?
- Qu'est-ce qui fait de Rabelais un humaniste ?
- Quelles distinctions pourriez-vous établir entre, d'un côté, la paire formée par Gargantua et Pantagruel et, d'un autre côté, le groupe composé par le *Tiers Livre*, le *Quart Livre* et le *Cinquième Livre* ?

Votre avis nous intéresse !
Laissez un commentaire sur le site de votre librairie en ligne
et partagez vos coups de cœur sur les réseaux sociaux !

POUR ALLER PLUS LOIN

ÉDITION DE RÉFÉRENCE

- RABELAIS F., *Gargantua*, traduction et commentaires de Fragonard M.-M., Paris, Pocket, 1998.

ÉTUDES DE RÉFÉRENCE

- BEAUMARCHAIS J.-P. de et COUTY D., « Gargantua », in *Dictionnaire des grandes œuvres de la littérature française*, Paris, Larousse, 2001, p. 503-506.
- DANTZIG C., « Rabelais », in *Dictionnaire égoïste de la littérature française*, Paris, Grasset, 2005, p. 851-853.
- HUBERT L., *Rabelais en classe de français. Quelques suggestions et propositions autour d'extraits du Gargantua*, Louvain-la-Neuve, UCL, 1994.
- PHILIPPART M., *Où Gargantua retourne sur les bancs de l'école. Introduction au monde de Rabelais en classe de français*, Louvain-la-Neuve, UCL, 1986.
- VIEGNES M., *Pantagruel, Gargantua, Rabelais*, Paris, Hatier, coll. « Profil d'une œuvre », 1994.

SUR LEPETITLITTÉRAIRE.FR

- Commentaire portant sur l'attaque du clos de Seuillé dans *Gargantua*.
- Fiche de lecture sur *Pantagruel* de Rabelais.
- Questionnaire de lecture sur *Gargantua*.

Retrouvez notre offre complète sur lePetitLittéraire.fr

- des fiches de lectures
- des commentaires littéraires
- des questionnaires de lecture
- des résumés

ANOUILH
- Antigone

AUSTEN
- Orgueil et Préjugés

BALZAC
- Eugénie Grandet
- Le Père Goriot
- Illusions perdues

BARJAVEL
- La Nuit des temps

BEAUMARCHAIS
- Le Mariage de Figaro

BECKETT
- En attendant Godot

BRETON
- Nadja

CAMUS
- La Peste
- Les Justes
- L'Étranger

CARRÈRE
- Limonov

CÉLINE
- Voyage au bout de la nuit

CERVANTÈS
- Don Quichotte de la Manche

CHATEAUBRIAND
- Mémoires d'outre-tombe

CHODERLOS DE LACLOS
- Les Liaisons dangereuses

CHRÉTIEN DE TROYES
- Yvain ou le Chevalier au lion

CHRISTIE
- Dix Petits Nègres

CLAUDEL
- La Petite Fille de Monsieur Linh
- Le Rapport de Brodeck

COELHO
- L'Alchimiste

CONAN DOYLE
- Le Chien des Baskerville

DAI SIJIE
- Balzac et la Petite Tailleuse chinoise

DE GAULLE
- Mémoires de guerre III. Le Salut. 1944-1946

DE VIGAN
- No et moi

DICKER
- La Vérité sur l'affaire Harry Quebert

DIDEROT
- Supplément au Voyage de Bougainville

DUMAS
- Les Trois
  Mousquetaires

ÉNARD
- Parlez-leur
  de batailles,
  de rois et
  d'éléphants

FERRARI
- Le Sermon sur la
  chute de Rome

FLAUBERT
- Madame Bovary

FRANK
- Journal
  d'Anne Frank

FRED VARGAS
- Pars vite et
  reviens tard

GARY
- La Vie devant soi

GAUDÉ
- La Mort du
  roi Tsongor
- Le Soleil des
  Scorta

GAUTIER
- La Morte
  amoureuse
- Le Capitaine
  Fracasse

GAVALDA
- 35 kilos d'espoir

GIDE
- Les
  Faux-Monnayeurs

GIONO
- Le Grand
  Troupeau
- Le Hussard
  sur le toit

GIRAUDOUX
- La guerre de
  Troie
  n'aura pas lieu

GOLDING
- Sa Majesté des
  Mouches

GRIMBERT
- Un secret

HEMINGWAY
- Le Vieil Homme
  et la Mer

HESSEL
- Indignez-vous !

HOMÈRE
- L'Odyssée

HUGO
- Le Dernier Jour
  d'un condamné
- Les Misérables
- Notre-Dame
  de Paris

HUXLEY
- Le Meilleur
  des mondes

IONESCO
- Rhinocéros
- La Cantatrice
  chauve

JARY
- Ubu roi

JENNI
- L'Art français
  de la guerre

JOFFO
- Un sac de billes

KAFKA
- La Métamorphose

KEROUAC
- Sur la route

KESSEL
- Le Lion

LARSSON
- Millenium I. Les
  hommes qui
  n'aimaient pas
  les femmes

LE CLÉZIO
- Mondo

LEVI
- Si c'est un
  homme

LEVY
- Et si c'était vrai…

MAALOUF
- Léon l'Africain

MALRAUX
- La Condition humaine

MARIVAUX
- La Double Inconstance
- Le Jeu de l'amour et du hasard

MARTINEZ
- Du domaine des murmures

MAUPASSANT
- Boule de suif
- Le Horla
- Une vie

MAURIAC
- Le Nœud de vipères

MAURIAC
- Le Sagouin

MÉRIMÉE
- Tamango
- Colomba

MERLE
- La mort est mon métier

MOLIÈRE
- Le Misanthrope
- L'Avare
- Le Bourgeois gentilhomme

MONTAIGNE
- Essais

MORPURGO
- Le Roi Arthur

MUSSET
- Lorenzaccio

MUSSO
- Que serais-je sans toi ?

NOTHOMB
- Stupeur et Tremblements

ORWELL
- La Ferme des animaux
- 1984

PAGNOL
- La Gloire de mon père

PANCOL
- Les Yeux jaunes des crocodiles

PASCAL
- Pensées

PENNAC
- Au bonheur des ogres

POE
- La Chute de la maison Usher

PROUST
- Du côté de chez Swann

QUENEAU
- Zazie dans le métro

QUIGNARD
- Tous les matins du monde

RABELAIS
- Gargantua

RACINE
- Andromaque
- Britannicus
- Phèdre

ROUSSEAU
- Confessions

ROSTAND
- Cyrano de Bergerac

ROWLING
- Harry Potter à l'école des sorciers

SAINT-EXUPÉRY
- Le Petit Prince
- Vol de nuit

SARTRE
- Huis clos
- La Nausée
- Les Mouches

SCHLINK
- Le Liseur

SCHMITT
- La Part de l'autre
- Oscar et la Dame rose

SEPULVEDA
- Le Vieux qui lisait des romans d'amour

SHAKESPEARE
- Roméo et Juliette

SIMENON
- Le Chien jaune

STEEMAN
- L'Assassin habite au 21

STEINBECK
- Des souris et des hommes

STENDHAL
- Le Rouge et le Noir

STEVENSON
- L'Île au trésor

SÜSKIND
- Le Parfum

TOLSTOÏ
- Anna Karénine

TOURNIER
- Vendredi ou la Vie sauvage

TOUSSAINT
- Fuir

UHLMAN
- L'Ami retrouvé

VERNE
- Le Tour du monde en 80 jours
- Vingt mille lieues sous les mers
- Voyage au centre de la terre

VIAN
- L'Écume des jours

VOLTAIRE
- Candide

WELLS
- La Guerre des mondes

YOURCENAR
- Mémoires d'Hadrien

ZOLA
- Au bonheur des dames
- L'Assommoir
- Germinal

ZWEIG
- Le Joueur d'échecs

ISBN version numérique : 978-2-8062-9284-1
ISBN version papier : 978-2-8062-9285-8
Dépôt légal : D/2017/12603/5

Avec la collaboration de Marc Sigala pour l'analyse d'Eudémon et de Gymnaste ainsi que pour les chapitres « Une valorisation des idées humanistes et une critique de la tradition intellectuelle médiévale » et « La réception de l'œuvre ».

Conception numérique : Primento, le partenaire numérique des éditeurs.

Ce titre a été réalisé avec le soutien de la Fédération Wallonie-Bruxelles, Service général des Lettres et du Livre.